RÉPONSE

AUX

ULTRA-ROYALISTES,

OU

RÉFUTATION

DE LA NOTE SECRÈTE.

DE L'IMPRIMERIE DE PLASSAN,
RUE DE VAUGIRARD, N° 15.

RÉPONSE
AUX
ULTRA-ROYALISTES,
OU
RÉFUTATION
DE LA
NOTE SECRÈTE
EXPOSANT LES PRÉTEXTES ET LE BUT
DE LA DERNIÈRE CONSPIRATION ;

PAR UN ROYALISTE CONSTITUTIONNEL.

5 AOUT 1818.

A PARIS,

CHEZ FOULON ET Ce, libraires, rue des Francs-Bourgeois-Saint-Michel, n° 3;
DELAUNAY ET PÉLICIER, Palais-Royal;
Et EYMERY, rue Mazarine, n° 30.

AVERTISSEMENT.

Cette Réfutation devait paraître en même temps que la Note secrète. A côté de chaque passage devait être placée la réponse, écrite à l'instant même, sous l'inspiration et la dictée du sentiment qui avait agité l'auteur. Mais celui-ci a voulu fondre ensemble des notes détachées, qui, dans leur premier jet, n'étaient peut-être pas dignes d'être publiées. L'éditeur, informé que plusieurs copies manuscrites de la Note avaient déjà circulé, s'est hâté de la livrer à l'impression, en se confiant au bon sens national chargé d'en faire justice. D'ailleurs, les trois pages d'avertissement qui précèdent la Note, lui paraissent devoir expliquer franchement dans quel esprit et par quel motif cette publication avait lieu.

On paraît avoir néanmoins regretté que le poison ait circulé sans être accompagné de l'antidote qui en aurait neutralisé les effets. Voici cet antidote. C'est la réponse franche et libre d'un homme qui, sans appartenir à aucun parti, exprime des sentimens qu'il croit partagés par tous les bons Français.

RÉPONSE

AUX

ULTRA-ROYALISTES,

OU

RÉFUTATION

DE LA NOTE SECRÈTE.

I. Préambule. — *Par quels motifs et dans quel esprit on réfute la* Note Secrète.

La Note Secrète, *qui expose les prétextes et le but de la dernière conspiration*, a mis au jour les intentions et les projets de quelques hommes qui se déclarent les *organes d'un parti.* Elle est lue avec avidité par les hommes de toutes les opinions, qui sentent que les intérêts politiques de la France comprennent les intérêts particuliers de chaque citoyen, et qui veulent savoir quelle est la pensée secrète, quels sont les plans, les moyens d'exécution, les espérances de succès et le but des chefs ou des agens principaux de ce qu'on appelle vulgairement le *parti ultrà-royaliste.*

Puisque la doctrine de ce parti, révélée par ses propres chefs, est rendue publique, la réfutation de cette doctrine peut donc être aussi publiée. Celle qui va suivre est l'expression franche et indépendante des sentimens d'un bon Français, qui se croit *l'interprète fidèle des vrais amis de la patrie et du Roi.* Il se propose de suivre pas à pas les auteurs de la Note, de reproduire et d'examiner leurs opinions dévoilées par eux-mêmes :

1° Sur le *ministère* et le *gouvernement du Roi ;*

2° Sur la *nation française*, et sur la *situation de la France ;*

3° Sur la *révolution* et la *monarchie* qu'ils veulent maladroitement opposer l'une à l'autre, quand la sagesse du monarque a su, par une heureuse fusion, les combiner dans la Charte constitutionnelle ;

4° Sur la *conduite des puissances alliées, relativement à la France.*

La discussion de ces grands objets d'intérêt public, qui se rattachent au système général de la politique européenne, et qui vont fixer l'attention des souverains alliés dans leur réunion d'Aix-la-Chapelle, ne paraît indifférente pour aucune classe de Français.

Il s'agit de savoir si nous aurons enfin la jouissance paisible de ces biens précieux, de ces droits sacrés, dont la libéralité du Roi nous a garanti la possession, mais qu'une poignée d'agitateurs insensés voudrait toujours nous disputer.

Il s'agit de présenter à l'Europe le véritable esprit national et la situation réelle de la France, afin que les souverains alliés puissent, avec une parfaite connaissance de cause, aviser, dans leur intérêt, à ce qui est le plus convenable pour le maintien de la paix générale.

La CHARTE *fidèlement exécutée au dedans; la* PAIX *solidement établie au dehors :* voilà ce que désirent tous les bons Français; voilà ce qu'ils demandent à leur propre gouvernement, et ce qu'ils ont droit d'espérer de l'influence des gouvernemens étrangers. Leurs intérêts ne diffèrent point de ceux de la grande famille européenne.

Un rapide examen des sophismes et des mensonges par lesquels on voudrait en imposer aux grandes puissances alliées, afin d'irriter l'Europe contre la France, et de faire opprimer la France par l'Europe, suffira pour déjouer des manœuvres ténébreuses qui, n'étant appuyées ni sur la véritable situation des choses, ni sur aucune vue morale et politique, ne sauraient supporter le grand jour.

II. *Par quelle classe d'hommes, et dans quel esprit, la* Note secrète *est rédigée.*

Les auteurs de la *Note secrète*, en rappelant plusieurs fois leurs *notes antérieures, envoyées aux ministres des puissances étrangères dans les années 1816 et 1817*, conviennent que, depuis trois ans, ils se sont constitués en régulateurs souverains de la France, et qu'ils n'ont cessé d'agir diplomatiquement contre leur souverain légitime et leur pays natal.

Dès les premières lignes de cette pièce mystérieuse, dont le titre promet un *aperçu de la situation de la France*, on prétend que « le gouvernement de France s'est éloigné peu-à-peu de la ligne qui pouvait assurer l'établissement du Roi. »

Il est évident que ce n'est ni le Roi qui accuse le gouvernement ou ses ministres, ni le ministère qui s'accuse lui-même. Donc, ce n'est point le gouvernement, seul compétent pour faire connaître aux étrangers d'une manière officielle la situation de la France, qui a fait composer cet écrit. Ce ne sont point ses organes légitimes, seuls reconnus par le Roi, par la nation, par les puissances alliées, qui ont rédigé cet aperçu de notre situation, dans lequel un étrange oubli de tout sentiment national fait recourir aux étrangers pour changer, par leur influence directe, par leur intervention immédiate, les bases du gouvernement, sa marche, et les personnes qui ont part à sa direction.

Donc, cette note est l'ouvrage clandestin de quelques individus, publicistes anonymes, négociateurs sans mission avouée, sans caractère légal, se constituant les interprètes d'un parti qu'ils supposent, par une évidente fausseté, former la majorité dans la nation. Donc, ces individus, ou ce prétendu parti, dont nous aurons l'occasion d'apprécier les intentions et les vœux, sont ennemis du gouvernement actuel du Roi, et veulent le changer. Nous avons leur manifeste; il est livré à notre examen. L'exposé de leurs projets et de leurs vues servira de texte à nos réflexions.

III. Esprit révolutionnaire *imputé au gouvernement du Roi par les auteurs de la Note, qui sont eux-mêmes des* révolutionnaires *dangereux.*

« On prépare, disent-ils, le triomphe de la révolution ; la position et la marche actuelle du gouvernement y conduisent.... Le Roi est placé, sans appui, au milieu du torrent de la révolution.... La révolution occupe tout, depuis le cabinet du Roi, qui en est devenu le foyer, jusqu'aux dernières classes de la nation qu'elle agite partout avec violence. »

Avant d'examiner si la marche du gouvernement prépare le *triomphe de la révolution*, et si ce triomphe est dangereux pour la monarchie, cherchons de bonne foi quel sens on doit attacher au mot *révolution*. Sachons distinguer, dans l'*idée complexe* qu'il exprime, *deux idées simples*, et très-différentes, qu'il renferme : ses *principes de réforme sociale et politique*, sanctionnés par le vœu national, conformes aux *rapports nouveaux que les progrès toujours croissans des lumières ont introduits dans la société* (1); et ses déplorables *déviations*, ses *excès*, ses *fureurs*, ses *crimes*, que des résistances imprudentes et mal calculées ont fait naître, dont tous les hommes de bon sens, tous les hommes de bien ont

(1) Préambule de la *Charte constitutionnelle*.

horreur, et veulent garantir leur patrie. Examinons si la monarchie, pour sa sûreté même, doit adopter ou rejeter les principes d'amélioration sociale consacrés par la révolution ; si elle serait assez puissante pour les étouffer; si elle ne compromettrait pas davantage sa sûreté, en les combattant par des voies ouvertes ou détournées, en se plaçant ainsi dans un état de guerre avec l'opinion, qu'en les adoptant avec franchise, pour se mettre en harmonie avec l'esprit général du siècle et avec la masse de la nation.

Que voulez-vous dire par les *intentions révolutionnaires* qui *se montrent à découvert*, qui sont *publiquement avouées?* Sont-ce les intentions des hommes qui veulent la franche et entière exécution de la Charte constitutionnelle?.... Mais, cette Charte, donnée par le Roi lui-même, par sa seule et libre volonté, sans le concours direct des corps qui représentent l'Etat, a été sanctionnée depuis par le suffrage unanime des Français. Ils ont trouvé, dans cet acte solennel, les principales garanties de leur sûreté, de leur liberté, de l'égalité devant la loi, de leur propriété, de tous les droits civils, enfin, qu'ils peuvent désirer.

Parce que le gouvernement du Roi est placé dans l'heureuse nécessité de faire exécuter fidèlement notre pacte social, vous en concluez qu'*il est placé, sans appui, au milieu du torrent de la révolution*. Mais, cette Charte elle-même, qui adopte et consacre les principes essentiels de la révolution, ceux dont l'empereur de Russie a dit au Sénat français, en 1814, que notre nation ne saurait désormais se passer (1) ; cette Charte, véritable lien qui unit fortement le monarque à la nation, est en même temps l'appui le plus solide du trône. Elles sont imprudentes les mains qui ébranlent cette base. Ils sont les plus dangereux ennemis du Roi, de la monarchie et de la légitimité, ces prétendus amis, exclusifs, aveugles, passionnés, qui veulent priver le trône et le Roi de cet appui nécessaire des principes de la révolution, rédigés en dogmes politiques par la sagesse royale.

Si *la révolution*, d'après votre aveu, *occupe* TOUT, *depuis le cabinet du Roi qui en est devenu le foyer, jusqu'aux dernières classes de la nation,.....* de quel droit, à quels titres, par quels moyens, faible et imperceptible minorité, voudriez-vous substituer à ce TOUT si imposant, si respectable aux yeux de l'observateur impartial, si effrayant, si accablant pour vous, votre impuissance et votre nullité ? Pourquoi vous *agiter avec violence* contre un peuple entier, auquel vous attribuez un besoin d'agitation qui n'existe qu'au milieu de vous ? Des malades atteints de la jaunisse voient tous les objets avec la couleur livide qui caractérise leur maladie. Vous déclamez sans cesse contre les *intentions*, les *menées*, les *doctrines révolutionnaires* ; et c'est vous dont les intentions, avouées dans votre manifeste, dont les manœuvres coupables pour exciter les étrangers contre vos concitoyens, pour armer de nouveau l'Europe contre votre

---

(1) Consultez les procès-verbaux du sénat, du mois d'avril 1814.

patrie, dont les doctrines favorables au pouvoir absolu et contraires aux lois établies, tendent à rallumer le volcan à peine éteint des révolutions !....

IV. *Accusations directes contre les ministres du Roi, déclarés fauteurs de principes révolutionnaires.*

J'arrive à des accusations directes contre les ministres. — *Ils n'ont pris*, selon vous, *aucun des moyens nécessaires pour établir la monarchie : ils ont professé à la tribune des principes destructeurs de toute monarchie;* et vous citez les *discours du ministre de la police sur la liberté de la presse*, et *du ministre de la guerre sur le recrutement de l'armée.* — Ces discours sont connus ; chacun peut en juger les *principes :* sans doute, ceux de la révolution, consacrés par la Charte, et que vous appelez *destructeurs de la monarchie.* Vous mettez toujours la *monarchie* et la *révolution* en présence. Vous faites naître cette importante question : Si elles peuvent coexister, ou si la première peut et doit tuer l'autre ; ou si, au contraire, elles ne peuvent pas vivre en harmonie, former entre elles une sainte alliance, légitime, nécessaire, durable, s'appuyer l'une par l'autre, donner ainsi de la stabilité aux institutions, favoriser enfin les progrès d'une *civilisation* bien entendue et bien dirigée, qui n'est qu'un développement plus libre, plus complet de toutes les facultés des individus, de tous les moyens de prospérité d'une nation.

« C'est la monarchie, dites-vous ailleurs, et non la révolution qu'on veut consolider » . — Peut-on consolider l'une sans l'autre ?... La réponse n'est pas douteuse pour les esprits éclairés.

« Les ministres, ajoutez-vous, ont laissé tout en question, hors la puissance révolutionnaire devant laquelle ils se sont prosternés. » — On a souvent adressé aux ministres des reproches en sens contraire, peut-être mieux fondés. Qu'ont-ils fait de révolutionnaire, quand la peur légitime de vos imputations calomnieuses et de vos coupables intrigues les a sans doute seule empêchés de mettre la Charte en pleine activité, et leur a fait prolonger le régime des lois d'exception ?

« Aucun principe monarchique n'a été reconnu et consacré. — Les ministres actuels avaient été entraînés hors de toutes les doctrines monarchiques, et dans des directions tout-à-fait opposées à l'établissement du trône. — Enfin, le *ministère est sans force, sans pouvoir, sans conception*; sa marche actuelle *est un tissu d'inconséquences, qui s'attachent aux bases mêmes et à l'essence du gouvernement.* »

Définissez donc votre mot *monarchique*. Ce mot vous paraît incompatible avec les institutions nouvelles, parce que la rêverie du pouvoir absolu tourmente et poursuit toujours vos esprits malades. C'est sur une perpétuelle équivoque, sur un perfide abus de quelques mots importans, employés à contre-sens, que vous bâtissez un frêle système contraire à tous les principes.

Les deux lois sur les *élections* et sur le *recrutement*, qui sont des conséquences de la Charte, vous paraissent des lois anti-monarchiques et révolutionnaires. C'est abuser étrangement de l'expression *monarchie*, que de vouloir la rendre exclusive d'une constitution libérale.

Du reste, quelle identité de langage entre ces *royalistes exclusifs*, qui veulent s'arroger le privilége d'insulter impunément les ministres, et les *anarchistes de 93*, contempteurs et *avilisseurs* de tout pouvoir constitué par les lois de l'état !

V. *Accusation contre la France, présentée comme un* foyer de révolution *qui menace l'Europe d'incendie.*

Si, du moins, en attaquant le ministère, les négociateurs anonymes parlaient avec ménagement, vérité, impartialité, de l'esprit national et de la situation de la France, on pourrait ne voir qu'un excès de zèle monarchique très-mal entendu dans leur déchaînement contre les ministres du Roi. Mais, lorsqu'ils veulent faire connaître l'état de notre pays aux puissances alliées, les imputations les plus injustes, suggérées par l'esprit de parti, les erreurs les plus grossières, les plus dégoûtantes calomnies sont accumulées contre la France, et n'épargnent pas même le prince auguste qui la gouverne.

« Tout se prépare, s'il faut en croire les officieux rapporteurs, à chasser la maison de Bourbon, et à faire la guerre à l'Europe. » Double supposition également calomnieuse, perfide et infâme, qui tend à présenter la France comme ennemie de son Roi, et comme disposée à menacer l'Europe d'une invasion.

Ils ne voient que *deux hypothèses* possibles : « Abandonner la France à toutes les éruptions du volcan.... ou la sauver de ses propres fureurs. »

Ces hommes supposent calomnieusement la France dans un état de délire à-la-fois contagieux et alarmant pour l'Europe, afin de provoquer contre leur pays et leur gouvernement la surveillance inquiète des gouvernemens étrangers. Ne ressemblent-ils pas à des enfans dénaturés, dont les dénonciations parricides accuseraient leurs parens d'aliénation mentale, pour les faire interdire ?

« Déjà, disaient-ils dans leur note du mois d'août 1817, la population semble fatiguée d'un excès de vigueur..... Quatre années de conscription, c'est-à-dire, plus de douze cent mille hommes, attendent avec impatience le jour qui leur mettra les armes à la main, avec l'ordre d'inonder l'Europe, cette Europe qui recèle partout des passions prêtes à les accueillir. » — Absurde et atroce calomnie ! Des insensés furieux peuvent seuls nourrir encore des rêves gigantesques de guerres, d'invasions, de conquêtes. La France et l'Europe sont également fatiguées de ces luttes sanglantes qui ont affligé trop long-temps et déshonoré l'humanité, qui tournent au profit de l'ambition de quelques hommes, et qui causent les malheurs et la ruine, même de l'Etat victorieux. Des luttes plus paisibles, une rivalité plus noble, des conquêtes plus utiles, dans les sciences, dans les arts, dans l'agriculture, dans une plus libre carrière ouverte au commerce et à l'industrie, sont le besoin de notre époque, et doivent être l'un des caractères distinctifs de la nouvelle politique des gouvernemens, ou de la direction imprimée aux esprits, et de l'état de notre civilisation.

Cette France, présentée comme un *foyer de révolution*, est l'avant-garde de la civilisation européenne, par sa position, par ses lumières, par son caractère national, par son expérience, par ses malheurs..... Êtes-vous Français, vous qui calomniez la France avec audace et impudence; vous qui lui supposez des passions violentes, des vues désorganisatrices, pour justifier vos passions haineuses, vos fureurs insensées, vos projets de détruire l'ordre de choses qui existe, afin de reconstruire un état de choses détruit, l'*ancien régime*, enfin, dont le retour est impossible; dont vous-mêmes avez proclamé les institutions *belles et irréparables*: dont vous êtes forcés de convenir que *les élémens sont brisés*, que *la poussière même est dispersée!*

« L'incendie de la révolution, dites-vous, a grandi et repris des forces dans le temps où les troupes et les conseils de l'Europe occupaient le territoire de la France et dirigeaient la conduite politique de son gouvernement. » — Aveu remarquable! Vous reconnaissez l'invincible puissance de ces principes d'amélioration sociale que vous voudriez étouffer, et dont la salutaire influence, étendue à ceux-là mêmes qui les combattent,

Verse des torrens de lumière
Sur ses obscurs blasphémateurs.

« La France révolutionnaire décomposerait les armées victorieuses par le poison des idées révolutionnaires. » — Voilà un singulier hommage rendu à ces principes par leurs ennemis les plus déclarés. Quoi! les principes *révolutionnaires* ou *libéraux* (car ces deux termes sont synonimes pour vous), qui font l'essence de la Charte constitutionnelle, sont donc bien contagieux, bien favorables au libre développement des individus, à la prospérité des peuples, bien sentis et appréciés par l'instinct, par le bon sens, par la conscience des hommes et des nations, puisque ces principes, ces idées, que vous espérez en vain flétrir du nom de *révolutionnaires,* s'étendraient, selon vous, de la nation même vaincue à ses vainqueurs?... Et c'est l'inappréciable bienfait du perfectionnement social dont vos efforts impuissans cherchent à priver le genre humain!

Vos propres aveux, sous ce rapport, sont précieux à recueillir..... « Si la France, dites-vous, n'avait pas tout-à-fait perdu la trace de ses anciennes institutions; si le peuple avait pu supporter le joug d'un *pouvoir* plus indépendant,...*plus absolu;* si les propriétés étaient moins également partagées, les lumières moins également répandues; si toute la population était moins accoutumée à s'intéresser à toutes les actions du gouvernement..... » — Ainsi, vous déplorez un ordre de choses où la nation a plus d'instruction et de moralité, plus d'aisance et de bien-être, plus d'esprit public et de patriotisme..... Vous prétendez ensuite offrir, dans votre parti, et parmi vos amis, des points d'appui au gouvernement; et vous osez vous dire la majorité !.... Vous laissez échapper ce mot de *pouvoir absolu* qui chatouille agréablement vos oreilles ; et celui de Charte ne se trouve qu'une seule fois dans votre diatribe.

Ailleurs, vous indiquez les dangers d'une « tribune aux harangues, où les partis viennent, avec toute la chaleur des passions et celle des amours-propres, aiguiser leurs armes. » — Vous attaquez indirectement la Charte, dont une disposition fondamentale place dans la Chambre des députés cette tribune si redoutable pour les ennemis des lumières, de l'opinion nationale et de la raison publique. Cette publicité des discussions législatives vous alarme. Vous regrettez sans doute les législateurs muets de Bonaparte, les sénateurs délibérant à huis-clos, et les *mystères du pouvoir*, protégés par la docile servilité des hommes qui voudraient *ouvrir les entrailles de la terre*, pour y ensevelir les abus, les erreurs et les crimes des agens du pouvoir.

VI. Cinq combinaisons *admises comme possibles par les auteurs de la Note pour sauver la France des fureurs révolutionnaires.*

Et cependant, ces mêmes calomniateurs de leur patrie, qui la dévouent à l'humiliation du joug étranger, n'ont pas encore abjuré tout sentiment français. Ils ont voulu discuter *les moyens de sauver la France des fureurs révolutionnaires pour en préserver le monde;* ils admettent *cinq combinaisons possibles sur ce sujet.*

Dès la *première*, « partager la France ou l'occuper militairement, » un des auteurs, qui s'isole cette fois des autres conjurés, déclare « que son sang, tout français, se révolte à cette pensée. » Il se réfère à sa Note antérieure (1) du 15 août 1817, dans laquelle on trouve ces passages remarquables : « Que seraient cent vingt mille hommes qui devraient occuper la France, contre le sentiment profond d'horreur qui sétablirait contre eux dans toutes les classes de la nation ?.... Dans vingt jours, la France entière serait un camp, une citadelle impénétrable, dont la population entière formerait la garnison........ La France est trop compacte pour se prêter à un morcellement ; des liens trop anciens et trop forts en tiennent les peuples attachés. »

Ici, je me réconcilie avec l'auteur anonyme. Son cœur bat quelquefois comme le mien pour notre commune patrie. Pourquoi faut-il que d'anciens préjugés, des préventions invétérées, des intérêts de coterie plutôt que de parti, des passions toujours nouvelles et ardentes aient obscurci son esprit et faussé son jugement ?

La *seconde combinaison*, « placer une nouvelle dynastie sur le trône, » n'excite pas moins son indignation, comme étant subversive des *principes de la lé-*

---

(1) Antérieure! il est donc révélé par vous-mêmes que, depuis l'établissement de la Charte, vous conspirez contre la France, et ne cessez de conspirer!

gitimité, des *principes éternels de la conservation des peuples et des trônes*. — Mais, en discutant cette question, il laisse encore échapper quelques hérésies.

« La révolution, dit-il, ne s'accommode d'aucun Roi..... Elle peut renverser ; mais elle ne peut rien construire, rien établir, rien conserver. » — Le trône constitutionnel de Louis XVIII, et la Charte, palladium de nos libertés, réfutent également cette calomnie. Depuis trente ans, malgré des erreurs déplorables, dues en partie au mépris des principes de la révolution, étouffés d'abord par les excès de l'anarchie et de la terreur, puis par la tyrannie militaire de Bonaparte, du sein même des destructions et des ruines, on a vu sortir un grand nombre de créations et d'institutions utiles, parmi lesquelles il suffit d'indiquer l'Ecole polytechnique et l'Institut de France : elles ont été recueillies, adoptées, consacrées par le Roi.

L'auteur parle « de la masse de la France royaliste, qui avait attaché tout son espoir au retour des hommes et des principes légitimes. » — Je réponds : la masse de la nation est franchement royaliste, mais en faveur de la royauté qui garantit le maintien et l'exécution du gouvernement constitutionnel, dont les principes ont aussi leur légitimité. Notre auguste Monarque a lui-même reconnu, proclamé, appliqué cette vérité. En voici une très-importante que nous avons soin de recueillir, pour ne manquer aucune occasion de nous mettre d'accord avec l'auteur de la Note : « Ce n'est pas en faisant des révolutions que l'on peut espérer de finir la révolution. » — Je le prends ici par ses propres leçons, dont je crains seulement qu'il ne sache pas profiter.

L'examen de la *troisième combinaison*, « détruire le gouvernement représentatif, » donne lieu à des développemens plus étendus. Nous avouerons qu'à travers beaucoup d'inconséquences et de contradictions, nous avons trouvé des principes libéraux et constitutionnels, énoncés avec une apparence de franchise et d'énergie. La doctrine de l'auteur sur l'*essence du gouvernement représentatif* ne diffère point de celle des libéraux les plus prononcés.

Mais, il ne tarde pas à retomber dans ses erreurs accoutumées. Il distingue « deux grandes divisions, de ceux qui veulent l'établissement de la maison de Bourbon, et de ceux qui veulent les conséquences de la révolution. » — Cette distinction est fausse et dangereuse. La nation entière veut les conséquences légitimes de la révolution, ou plutôt l'application de ses principes essentiels consacrés par la Charte ; puis, elle veut le maintien du gouvernement royal et constitutionnel adoptant ces principes avec franchise et réalité. La maison de Bourbon elle-même, malgré ses antiques droits, n'a que ce moyen d'affermir la monarchie.

Les auteurs de la Note représentent le gouvernement, tantôt *seul et isolé*, lorsqu'il refuse d'écouter leurs conseils et de s'abandonner à leur direction, tantôt *froissé et brisé au milieu des chocs de deux partis ennemis*, parce qu'il a voulu *marcher d'une manière indépendante des uns et des autres*. — Etrange aveuglement de l'esprit de parti, toujours personnel, étroit, exclusif, qui se dit et se croit la nation, à-peu-près comme le dominateur égoïste et ambitieux, qui gouvernait la France, disait : *La nation, c'est moi; je suis son seul et légitime représentant.*

L'amour-propre, la vanité, l'orgueil, la soif de dominer, la personnalité, *ces misérables passions humaines qui se ressemblent en tout temps et en tout lieu,* peuvent égarer même de bons esprits et des génies supérieurs.

Quels sont ces *deux partis ennemis*, entre lesquels le gouvernement se trouve *froissé et brisé ?....* Les auteurs de la Note, hommes de parti, veulent toujours voir *des partis*, et jamais la nation. Ils croient former un *parti*, lorsqu'ils ne sont, en effet, qu'une poignée de conjurés, presque inapercevable, en comparaison avec la masse. Par quelle manie, sous prétexte de soutenir le gouvernement, veulent-ils confier les rênes de l'Etat à cette infiniment petite fraction qui s'est rendue, depuis trente années, constamment odieuse, parce qu'elle a toujours été perturbatrice au-dedans et au-dehors ?

On ne gouverne point, avec une telle minorité, contre le vœu d'une nation entière. Le gouvernement, entraîné d'abord par les hommes qui professaient un royalisme exclusif, a été ramené dans une route moins périlleuse pour lui par la force de l'opinion, qui a dicté l'ordonnance mémorable du 5 septembre, époque d'un changement de système, dont malheureusement on n'a pas suivi toutes les conséquences. On a senti que l'action trop violente des royalistes exagérés produirait une réaction plus violente, plus terrible, des partisans des principes de la révolution, c'est-à-dire, de la grande majorité de la nation..... et l'on a eu la sagesse de s'arrêter à temps. Les fautes mêmes du ministère ont presque toujours eu pour causes les folies et les imprudences des ultrà-royalistes.

A les entendre, ils seraient les plus fermes soutiens, les partisans privilégiés de la monarchie; ils *veulent franchement la défendre*... — Contre qui? — Contre les institutions appelées par eux-mêmes *révolutionnaires*, ou subversives de la monarchie, qui sont établies par la Charte.—Tout le sens de cette Note est là; mais, comme les auteurs n'osent pas en convenir, ils s'égarent sans cesse dans un labyrinthe d'inconséquences et de contradictions. « Etrange abus, pour nous servir de leurs expressions, d'un faux esprit qui croit arriver mieux au but par des chemins incertains, difficiles et tortueux, que par la route simple qu'indiquent le bon sens et la nature des choses! » — Cette route simple et facile, c'est l'*oubli du passé*, l'*union des Français*, l'*exécution de la Charte*.

Ont-ils adopté ces belles paroles: *union* et *oubli*, qu'un de nos princes a proférées, et que la France reconnaissante a recueillies, ces artisans de discordes qui vont dénoncer secrètement aux puissances étrangères les ministres de leur Roi, qui reprochent à ces ministres de *chercher des amis dans les partis de la révolution*, c'est-à-dire, dans les partisans des principes de la Charte royale; qui appellent les défenseurs de cette Charte, qu'ils évitent prudemment de citer, *les soldats de la révolution*; qui parlent toujours de *partis*, dont l'un serait « intéressé à la défense et au maintien du gouvernement; et l'autre, plus disposé à l'attaquer, soit pour le renverser, soit pour en obtenir de plus grandes concessions ? » — Je demande aux hommes de bonne foi, aux observateurs impartiaux, quel est le *parti* (puisque vous employez toujours ce mot) qui veut le plus exiger des *concessions* et des faveurs du Roi, même aux dépens des institutions nouvelles; et quel est, au contraire, celui qui est le plus désintéressé pour les individus, le plus zélé pour la défense et le maintien du gouvernement constitutionnel ?

Vous déclarez que *deux nuances d'intérêts généraux divisent l'opinion.* Vous prétendez qu'un nouveau ministère, que vous croyez indispensable, doit se rattacher, dès sa formation, à l'une de ces nuances. Mais voici la question qu'il faut d'abord résoudre : quelle est celle des deux nuances qui peut offrir les points d'appui les plus solides au gouvernement ? Est-ce la nuance d'opinion dont les partisans se composent d'une petite minorité blessée dans ses intérêts, dans ses habitudes, dans ses affections, et que le temps seul pourra fondre dans les institutions nouvelles ?.... Ou bien, est-ce la nuance fortement prononcée en faveur de ces institutions, dont les innombrables défenseurs se confondent avec la nation elle-même qui voit, dans la Charte fidèlement exécutée, la garantie de ses intérêts, de ses droits, de la solidité du trône et de la prospérité de l'Etat ?

Vous revenez à la charge, et vous dites encore : « Il faut que le gouvernement s'appuie sur ceux qui veulent le soutenir, pour se défendre de ceux qui veulent le renverser. » — Le conseil est bon, le principe est vrai ; mais vous en faites l'application à contre-sens.

Les amis de la Charte constitutionnelle, auxquels elle assure les garanties essentielles qu'ils réclament, veulent soutenir le gouvernement ; les amis exclusifs des anciennes doctrines, qui voudraient rentrer dans leurs biens dont la Charte les a légalement dépossédés, qui regrettent leurs priviléges, qui voient avec chagrin les *lumières trop généralement répandues*, les *propriétés trop également partagées...*, sont, pour quelque temps encore, les ennemis naturels du nouvel ordre de choses, ou du système représentatif que le gouvernement veut et doit maintenir. Donc, on voit, d'après l'opinion même de l'auteur de la Note, dans quel *parti*, ou dans quelle classe d'hommes le gouvernement doit, pour l'intérêt de sa conservation, pour le bonheur de la France et pour la tranquillité de l'Europe, choisir ses ministres et les principaux agens de son autorité.

Il est temps de mettre fin à « cette *lutte*, qui, d'après vous, subsiste encore entre la force qui tend à régénérer et à conserver, et la force qui ne tend qu'à dissoudre et à détruire » - La force qui tend à régénérer et à conserver, est l'essence même de la Charte ; la force qui ne tend qu'à dissoudre et à détruire, est la passion aveugle et furieuse des nouveaux révolutionnaires, qui veulent à tout prix *régénérer* la révolution, en attaquant, corrompant et détruisant ses principes.

La *quatrième combinaison*, « ramener le Roi et ses ministres actuels aux principes qui peuvent établir la monarchie, » paraît offrir aux auteurs de la Note de bien faibles espérances. Ils regrettent l'inutilité des

« sacrifices faits par le gouvernement à la révolution, pour la rattacher au trône légitime ; » lorsqu'ils ont eux-mêmes, dans l'article précédent, reconnu la nécessité de ces sacrifices, et l'impossibilité absolue du retour de l'ancien régime, incompatible avec la nouvelle situation morale et politique de la France. Ils reproduisent leurs accusations contre les ministres, auteurs, disent-ils, d'une *guerre injuste et impolitique* contre les *hommes monarchiques* dont ils auraient dû se rapprocher.

Quelle est donc cette prétention obstinée à déclarer partisans privilégiés de la royauté les émigrés rentrés avec le Roi et les hommes de l'ancien régime ! Quelle maladresse de présenter toujours les *royalistes* comme isolés et formant un *parti !* Ce mot seul, attribué par l'auteur d'une manière exclusive aux hommes de son opinion, est injurieux pour le Roi, qui serait alors considéré comme chef d'un parti, lorsqu'il est le chef de son peuple ; et calomnieux pour la nation, qui ne serait point reconnue royaliste, comme elle l'est par la constitution, par devoir, par penchant et par raison. La masse à-la-fois royaliste et constitutionnelle, c'est la *nation*. Ne dirait-on pas que ces nouveaux exclusifs, dont le honteux appel aux étrangers atteste assez qu'ils se croient eux-mêmes une faible minorité, étaient dans le cas d'imposer des *conditions personnelles* au Roi, de lui dicter leurs volontés, *d'accepter dans leurs rangs les nouveaux convertis*, de lui désigner les hommes qu'il lui conviendrait d'employer ?

« Vous ne pouvez, dites-vous aux ministres, soutenir le Roi qu'en vous rattachant à tout prix la masse de la nation qui veut le conserver, et en renonçant à l'appui dangereux de ceux qui veulent le renverser. » — Nous sommes entièrement d'accord sur ce point. Mais celui qui veut la fin, veut les moyens; s'il néglige les moyens, il manque la fin ou le but. Comment les mesures et les hommes que vous proposez pourraient-ils rattacher la nation dont vous blessez les intérêts, dont vous dénaturez les intentions, dont vous calomniez le noble caractère?

« La réunion de plusieurs millions de *royalistes* est nécessaire au gouvernement du Roi. » — Les vingt-huit millions de partisans des principes constitutionnels, sont les seuls royalistes capables de soutenir le Roi et son gouvernement.

Veut-on voir avec quelle irrévérence de prétendus fidèles et respectueux sujets du Roi, qui se disent interprètes d'un *parti*, s'expriment sur les choix faits par leur maître? Pourquoi *maintenir*, selon eux, *à la tête des affaires*, « quelques hommes qui n'y ont été placés que par l'embarras du choix? . . . Sur onze personnes qui ont passé au ministère (depuis le retour du Roi), il n'en reste que *trois* de celles qu'on y avait d'abord appelées.... Quel est celui des ministres actuels qu'une seule voix eût désigné, il y a deux ans, comme capable d'en remplir les fonctions? »

Tout ce grand étalage d'une doctrine purement monarchique, d'un dévouement absolu à la cause de la monarchie, derrière laquelle sont toujours retranchés les intérêts de l'oligarchie nobiliaire, se réduit à la plus honteuse intrigue de l'Œil-de-Bœuf, pour laquelle on veut intéresser, exciter, soulever les puissances de l'Europe.

Nous en trouvons la preuve dans le cinquième et dernier paragraphe, dans lequel on discute fort au long la *cinquième combinaison possible* pour sauver la France : « Changer le système du gouvernement par le changement du ministère qui le dirige. »

Recueillons d'abord une vérité, puisée dans la connaissance du cœur humain, que l'auteur nous présente lui-même, pour éclairer la discussion : « Il est ordinaire de voir les hommes s'identifier à des principes par des antécédens, par leur conviction ou par leurs intérêts, de telle sorte qu'ils n'ont plus la possibilité de choisir d'autres voies, de professer et d'appliquer d'autres doctrines. » — Il déclare ensuite que « l'on ne peut attacher au gouvernement un parti d'une manière utile, certaine et irrévocable, qu'en plaçant dans l'administration ses chefs naturels, les hommes de son entière confiance »..... Il dit que « les royalistes, appelés dans diverses occasions à traiter de la réunion de leur parti au ministère, n'ont jamais admis la possibilité qu'il y eût pour eux un prix à ce traité. Ils n'ont demandé ni places ni honneurs ; ils ont repoussé de pareilles conditions.... Ils savent mieux que personne qu'il n'y a point de places à désirer dans une maison qui brûle.... Ils se dévoueraient peut-être à réparer l'excès du mal, par le sentiment du bien et de l'amour de leur pays. » — Vous prétendez que *les royalistes n'ont demandé ni places ni honneurs*. Vous avez établi la nécessité d'organiser un nouveau ministère, entièrement composé de ces mêmes royalistes ; c'est, selon vous, une garantie pour eux et pour le trône, une condition essentielle de la tranquillité et du dévouement des hommes de la monarchie......... Comment mettre d'accord ces deux assertions : ce noble désintéressement, cette généreuse abnégation, d'un côté; cette prétention exclusive et absolue, de l'autre ? — Vous dites que la *maison brûle*, quand c'est vous-mêmes qui, par vos imprudences, y mettez le feu. Vous ne demandez point de places, vous craignez d'en avoir; puis, vous consentiriez, par dévouement, à en accepter ! — Peut-on se mettre plus évidemment en contradiction avec soi-même ?

« La marche la plus simple et la plus naturelle, dites-vous, eût été de confier les destinées de la France aux hommes qui, par leurs antécédens, par tous les sentimens de leur ame et de leur conviction, ne pouvaient avoir d'autre avenir, d'autre abri que celui du trône reconstruit. » —C'est toujours à cette marche que vous en voulez revenir. Vous expliquez nettement votre pensée : *le changement du ministère*, voilà votre but et l'objet unique du mémoire. En d'autres termes, vous demandez modestement les places des ministres pour vous ou pour vos amis. Mais, j'applique votre manière de raisonner à la nature des choix que vous proposez. Comment le Roi, d'après votre aveu, pourrait-il appeler au ministère, avec une entière sécurité pour les intérêts de la monarchie constitutionnelle, des hommes *tellement identifiés* à l'ancienne doctrine de l'aristocratie nobiliaire et du pouvoir absolu, *par leurs antécédens, par leur conviction ou leurs intérêts, qu'ils n'ont plus la possibilité de choisir d'autres voies, de professer et d'appliquer d'autres doctrines?* — Ce n'est pas moi; ce ne sont pas les hommes libéraux et constitutionnels, traités par l'auteur de *révolutionnaires* et *de factieux*; ce sont des royalistes par excellence, les signataires de la Note eux-mêmes, qui, après avoir exposé leur profession de foi, dictée par leurs *antécédens*, par leur *conviction*, par leurs *intérêts*, proclament la nécessité d'exclure leurs amis et les hommes de leur parti des premiers emplois de l'administration publique. Ils établissent le raisonnement, ils posent le principe: qu'ils sachent donc en accepter, en supporter les conséquences. Ajoutons, pour les consoler, que cette exclusion, commandée par nos conjonctures actuelles, paraît seulement nécessaire jusqu'à l'entier établissement du régime constitutionnel. « Ce sont d'abord, dit Montesquieu, les chefs qui font l'institution; c'est ensuite l'institution qui forme les chefs. »

Les auteurs de la Note jugent eux-mêmes que la règle qu'ils ont établie est surtout applicable à un gouvernement constitutionnel, où « les ministres sont les conseils avancés du monarque, soumis à une responsabilité qui les autorise à suivre d'un commun accord une marche que le prince doit approuver, mais dont il ne dirige pas lui-même toutes les impulsions. » — Nous adoptons ce qu'ils disent au sujet de la position et des devoirs des ministres, dans cette forme de gouvernement. S'ils professaient toujours une doctrine aussi libérale, nous serions facilement d'accord.

Nous admettons encore le devoir imposé aux ministres de s'appuyer sur l'*opinion publique*; mais, nous rejetons la définition qu'ils donnent de cette puissance morale, quand ils l'appellent simplement la puissance d'un parti. — « Non; l'opinion publique, toujours inspirée par le bon sens national, par un instinct profond de sagesse, de justice, de probité, de patriotisme, toujours favorable au maintien de l'ordre social, constante dans ses vœux, ne doit pas être confondue avec l'opinion factice, éphémère, inconstante, passionnée des partis qui veulent faire dominer des intérêts personnels, qui méconnaissent ou sacrifient les grands intérêts de l'Etat, dont les prétentions exclusives ou les préventions injustes altèrent l'union entre les citoyens, diminuent la force du gouvernement, compromettent la stabilité des institutions.

Ces inexorables censeurs du gouvernement, qu'ils accusent de *vacillation* et de *nullité*, reprochent aux ministres *d'ignorer les conditions du gouvernement constitutionnel*; et ce reproche, si le mot *ignorer* est identique à celui de *méconnaître*, n'est pas dénué de fondement. Mais, eux-mêmes, ignorant les premières conditions du gouvernement représentatif, tendent à détruire l'indépendance nationale, en voulant placer le gouvernement de la France dans un état de soumission et de dégradation vis-à-vis des gouvernemens étrangers. . . . .

Ils ont établi, par une contradiction bizarre, d'abord que « les souverains avaient deux fois vaincu la révolution, » puis, que « la révolution devenait maîtresse de la France, sous la protection des puissances alliées. » Mais, les rois étrangers n'avaient pas *vaincu la révo-*

lution et ses principes de réforme sociale qu'ils ont eux-mêmes en partie adoptés ; ils ont, au contraire, vaincu le gouvernement établi en France, lorsqu'il avait perdu sa force morale, en méconnaissant la nature et la puissance de ces principes, et ils ont concouru à garantir la nouvelle constitution française, conforme au besoin et au vœu de la nation. C'est ce que les auteurs appellent, sans doute, la *protection accordée à la révolution par les souverains alliés*, plus sages, plus raisonnables, plus éclairés que les partisans exclusifs des anciennes doctrines. Ils ont parlé de la *prétendue sagesse des cabinets de l'Europe*, pour lesquels ils ne gardent guère plus de ménagemens que pour les ministres du Roi. Ils ont exprimé des sentimens et des regrets anti-français, en présentant comme *salutaire*, comme regrettable, la crainte que pouvaient inspirer les troupes d'occupation en France ; et ils ont paru craindre de voir ces troupes *plus éloignées, plus étendues, plus divisées.* Des hommes, qui se disent Français, osent appeler glorieuses les époques *de* 1814 *et* 1816 ! ils osent faire aux étrangers un titre de gloire de quatre années d'humiliation et d'oppression pour leur patrie ! Des hommes, qui se prétendent *royalistes*, osent supposer que les *couronnes* ont RETROUVÉ *leur honneur*, en 1814 et 1815, comme si elles l'avaient *perdu* dans les guerres précédentes ! Expression injurieuse à la majesté des rois étrangers. Ils déclarent que *les puissances alliées ont donné à la France le gouvernement représentatif ;* mais, ils ajoutent qu'*elles ont aussi donné au Roi le prétendu système d'équilibre entre les partis ;* comme s'il ne n'agissait pas, au contraire, de l'*équilibre entre les pouvoirs*, dans l'esprit et dans le sens de la Charte. Leur travers habituel les porte à dénaturer toutes les questions.

Ils examinent et décident affirmativement celle-ci : « Les cours alliées peuvent intervenir dans le gouvernement intérieur de la France, même sur des déterminations qui doivent partir de la seule persuasion, de la seule volonté du Roi. » — N'est-il pas singulier de voir ces prétendus amis exclusifs de la monarchie et du Roi vouloir toujours placer leur maître sous la tutelle des puissances alliées, et ne trouver de salut pour lui que dans la plus humiliante dépendance, dont ils sollicitent la faveur? C'est peu que l'intervention de ces rois ait deux fois été nécessaire ; qu'ils aient entretenu, pendant trois années, leurs armées sur notre territoire ; qu'ils aient fait payer chèrement leurs secours par des contributions de tout genre : on voudrait encore leur confier le pouvoir et le soin de désigner, de choisir, de nommer les ministres du Roi !

« La révolution (dit l'auteur de la Note), qui attaque toutes les couronnes, a établi entre elles une nouvelle solidarité. » — Ces hommes voient toujours la révolution comme un fantôme sanglant, armé d'une torche incendiaire et d'un poignard, qui les poursuit eux et leurs amis, et qui menace le Roi de France et tous les trônes de l'Europe. Ils n'ont pas le sang-froid nécessaire, ni le jugement assez sain, ni l'esprit assez dégagé de la superstition des anciennes idées monarchiques et aristocratiques, pour donner aux souverains alliés qui vont se réunir à Aix-la-Chapelle des conseils raisonnables, appropriés à l'état actuel des choses. Ces souverains et leurs ministres apprécieront à leur juste valeur, s'ils daignent s'en occuper, les conceptions fantastiques, les absurdes rêveries de quelques hommes de parti, qui voient dans leur parti, dans leur coterie, dans le cercle étroit de leurs opinions et de leurs préjugés gothiques, le trône et sa sûreté, la France et l'opinion, l'Europe et les destinées des rois et des peuples.

A les en croire, « la révolution renaît en France, » parce que le régime constitutionnel tend à se consolider.

« L'esprit de révolution....., l'élan révolutionnaire se font sentir. » — Toujours même contre-sens; mêmes accusations calomnieuses contre la patrie et contre les amis de l'influence paisible et des progrès croissans des lumières ; toujours une fantasmagorie révolutionnaire pour inquiéter et alarmer les rois, pour provoquer contre la France des mesures violentes qui ne pourraient y produire qu'une irritation dangereuse ! Le système politique des auteurs est évidemment *révolutionnaire*, puisqu'ils veulent, à tout prix, même par la force et par l'influence des monarques alliés, faire changer la marche et les agens principaux du gouvernement du Roi, étouffer la révolution et ses principes, ou la Charte; enfin, *faire la contre-révolution*; c'est-à-dire, verser des torrens de sang, livrer la France et l'Europe aux plus terribles commotions, ébranler l'ordre social et tous les trônes dans leurs fondemens.

Les véritables *révolutionnaires*, en France, il faut le répéter, sont les royalistes exagérés, qui, liés par leurs antécédens et par leurs passions à l'ancien état des choses, cherchent à le rétablir par tous les moyens. Ils sont prêts à recommencer les mêmes folies par lesquelles ils ont déjà causé tous les malheurs de la France et de la famille royale. Sauvons-les de leur propre délire.

Cet *esprit de révolution*, toujours signalé par eux avec une atroce perfidie, n'est que l'*esprit public* favorable aux principes de la Charte, et qui en réclame fortement l'exécution. En demandant « si les nouvelles institutions politiques de la France peuvent lui convenir, on remet en question ce que la France et l'Europe ont reconnu et proclamé. » — Le mot *révolution* est toujours mal compris, mal appliqué par ces hommes qui ne savent point vivre dans leur siècle. Puisque la révolution française a existé, puisque les institutions anciennes et détruites *sont irréparables*, les résultats nécessaires de cette révolution doivent être conservés pour prévenir des révolutions nouvelles.

« La France, dites-vous, rentrera dans l'entière indépendance de ses dispositions intérieures, lorsque les hommes qui dirigent les affaires ne seront plus en hostilité avec les principes de la société européenne. » — Cette imputation contre le gouvernement du Roi serait calomnieuse et atroce, si elle n'était ridicule et absurde.

Vous craignez « qu'on ne s'arrête à cette objection, fondée sur le principe rigoureux et excessif de l'indépendance des états, pour se refuser à exercer une heureuse influence sur les déterminations du Roi de France, à l'effet de changer le cours des choses, qui conduit évidemment au triomphe de la révolution. » — Comment soutenir que des rois, placés aux extrémités de l'Europe, peuvent influer utilement sur les détermi-nations du Roi de France, et sur la direction des affaires publiques dans ses états? N'est-ce pas insulter à la majesté royale, à la dignité du gouvernement dont la première condition est son entière indépendance, et à la personne auguste du roi Louis XVIII, dont l'auteur de la Note évite de citer le nom, même en attaquant ses actes et son gouvernement?

Ce *triomphe*, tant redouté, de *la révolution ou de ses principes*, n'est, en dernier résultat, que l'exécution franche, fidèle, complète de la Charte.

Pourquoi donc ces plaintes éternelles, quand vous avez reconnu *qu'on aurait en vain essayé de replacer le trône sur les débris des bases antiques*; quand vos honorables amis, *qui avaient conservé les souvenirs du passé*, « persécutés par le ministère, n'ont trouvé d'asile que dans les formes préservatrices des institutions nouvelles? Ils les ont franchement adoptées; ils les ont proclamées; ils les ont jurées; et ceux-là n'ont jamais juré en vain. » — Après avoir juré l'observation de la Charte, pouvez-vous conspirer contre elle, sans être parjures à vos sermens?.... La logique des partis n'admet point cette rigueur de principes et de conséquences. Elle se prête complaisamment à la mobilité de leurs passions.

Les mêmes hommes qui veulent que les cabinets étrangers continuent à diriger la France, les accusent de l'avoir mal dirigée jusqu'ici. « L'assentiment que les cours alliées ont trop long-temps donné à la marche du ministère, a été la première et presque la seule raison de l'entraînement du Roi. — » Comment peuvent-ils se fier encore à ces puissances, coupables, suivant eux, d'avoir donné leur assentiment à la marche du ministère? Ne craignent-ils pas qu'au lieu « d'éclairer le Roi sur ses vrais intérêts, de le ramener à des idées plus simples et plus saines, » elles ne l'entraînent encore dans de fausses mesures, si elles veulent, de si loin, avec si peu de moyens de connaître exactement l'état intérieur de la France, éclairer la volonté du monarque?.... Peut-on se proclamer l'interprête d'un parti, et régenter audacieusement les rois, en prenant quelquefois le ton sévère d'un censeur ou d'un tribun, lorsqu'on écrit de semblables pauvretés?

Ces bons et fidèles sujets et serviteurs du Roi voudraient le *ramener*, par l'intervention franche et ouverte des hautes puissances alliées, *à des idées plus simples et plus saines*. N'est-ce pas, en d'autres termes, le déclarer entraîné malgré lui, et vouloir attribuer aux souverains alliés, qui déjà néanmoins ont eu le tort grave d'*approuver la fausse marche du ministère*, le droit et l'obligation de rectifier les idées du Roi, toujours dans le sens exclusif des chevaliers de l'antique monarchie?....

Est-il français ce rédacteur obscur d'un mémoire politique, qui constitue seul un acte de félonie et de trahison contre le Roi et contre la France; lui qui ose invoquer les puissances étrangères pour qu'elles demandent encore des *garanties*, peut-être aussi de nouveaux tributs, peut-être même de nouvelles cessions de territoire, à cette belle et noble France déjà si dépouillée, si insultée, si accablée, toujours fière et calme dans ses adversités, toujours l'objet de l'admiration, de l'amour et des vœux des peuples, lors même qu'on ose la présenter aux rois et à l'Europe comme ennemie de leur sûreté et de leur tranquillité?... Il excite les rois à *proportionner leur exigence à nos dispositions;* et il interprète nos dispositions comme essentiellement hostiles, révolutionnaires, séditieuses, perturbatrices. On punit le crime de calomnie contre un seul individu; quelle peine infliger au calomniateur d'une nation?.... Il place nos moyens de bonheur public dans une servile dépendance. Il avilirait, si elles n'étaient placées trop haut pour braver ses atteintes, la dignité de la nation et la majesté du Roi. Il demande, dans l'abjection de son ame, si les cours alliées ne peuvent pas « nous *forcer* d'être heureux et nous récompenser d'avoir su le devenir. »

Puis, par un doute injurieux pour elles, il ajoute : « *Si* elles peuvent-être aujourd'hui *mieux éclairées* sur la nature des intérêts qui divisent la France..., sur la position entièrement fausse du ministère...; si elles ne perdent pas de vue le but de tous leurs efforts.... elles ne laisseront pas échapper l'occasion de négociations importantes, sans en profiter pour amener un autre ordre de choses. »

Donc, les cours alliées, qui pourraient être *mieux éclairées*, ont été aveuglées jusqu'ici, lorsqu'elles avaient au milieu de nous leurs agens, leurs généraux, leurs armées. Comment espérer qu'elles auront plus de lumières, qu'elles obtiendront des renseignemens plus exacts et plus précis sur notre situation intérieure, lorsqu'elles n'auront plus, après l'éloignement des corps militaires d'occupation, des points de contact aussi immédiats avec la France?... L'auteur de la Note, lié par ses *antécédens* et par ses *passions*, comme il en convient lui-même (car il ne veut pas se séparer de ses nobles amis), tombe, il faut l'avouer, dans d'étranges inconséquences. Il se croit, lui et son parti, plus éclairé sur les intérêts de la monarchie, que le Roi, ses ministres, et les monarques alliés. On lui suppose volontiers autant d'habileté que de modestie : son mémoire en fournit la preuve.

« Tous les fardeaux qui nous furent imposés n'ont eu qu'un motif, celui d'assurer le trône et la tranquillité. » — Tous les fardeaux de l'occupation armée présentés comme des bienfaits! quel blasphême! Ces contributions que nous payons aux étrangers ne sont pas pour eux, mais pour notre plus grand avantage. Faut-il encore les remercier de ce qu'ils ont multiplié les charges qui pèsent sur nous? car, on doit juger les intentions plutôt que les faits. Certes, les étrangers eux-mêmes s'uniront à nous pour flétrir d'un profond mépris le traître qui croit les honorer en insultant à sa patrie. — « L'Europe, selon lui, ne peut se préserver de la révolution renaissante, qu'en l'étouffant dans le sein de la France qui la recèle. » Il calomnie toujours la France, lorsqu'il la suppose en révolution, ou prête à enfanter des révolutions : il a peur qu'on ne la croie et qu'on ne la laisse tranquille. Il tourmente les souverains pour qu'ils daignent la tourmenter, et soumettre son Roi à la plus humiliante vassalité.

Il est convenu plusieurs fois que « le seul moyen de confondre des intérêts divergens, est de se placer au milieu de ceux qui sont les plus analogues au système qu'on veut établir. » Et nous votons avec lui, en donnant une interprétation juste et raisonnable à ses paroles. Mais, il propose ensuite, par un étrange contre-sens, de confier à des ennemis prononcés de la Charte le soin d'en surveiller l'exécution.

Si, comme il le déclare, un royaliste ne sait pas employer ce qu'il appelle les *moyens révolutionnaires*, c'est-à-dire, les *mesures conformes aux principes de la révolution que la Charte a consacrés*, et contraires à l'ancienne doctrine du pouvoir monarchique absolu, qui ne saurait plus être toléré, qui n'est plus de mise aujourd'hui, cette classe de royalistes est très-évidemment incapable d'occuper les hautes places de l'administration et de faire marcher les rouages de la nouvelle machine politique.

Aux yeux des royalistes purs, gouverner d'après les principes de la Charte, ne point régler par des ordonnances ce qui ne doit l'être que par des lois, c'est *faire de la république*.

Pourquoi cet esprit de haine et d'intolérance qui déclare les *hommes de la révolution incapables de faire de la monarchie constitutionnelle*; quand, depuis 1789, cette forme de monarchie est constamment demandée par les principaux d'entre les hommes de la révolution ?

Enfin, toujours fidèle à son système d'appeler les

royalistes un parti, dont le roi est le *chef naturel*, tandis que toute la nation doit être ralliée autour des institutions libérales et monarchiques, établies sous les auspices et par la volonté du Roi, qui est le *chef constitutionnel des français*, il établit que *la force des royalistes*, maladroitement distinguée par lui de la population entière de la France, « se compose de la plus grande partie des propriétaires territoriaux, dans les classes les plus importantes, de tout le clergé de France, de tous ceux qui conservent des principes religieux, de populations entières et nombreuses dans les provinces de l'Ouest et du Midi. » — Qu'ont donc fait les malheureuses provinces de l'Est et du Nord, pour être ainsi frappées d'anathême, pour être rayées du tableau des provinces fidèles à la cause royale? Cette exception calomnieuse n'est-elle pas à-la-fois une injure à la majesté du Roi et à la fidélité que lui doivent et que lui ont vouée tous les Français?

« La conséquence immédiate du retour du Roi, continue le royaliste anonyme, avait été de réunir toute *une masse incertaine et faible de la nation, comme dans toute nation du monde, qui est prête à obéir à la direction que lui imprime le gouvernement, mais qui ne fera jamais rien pour le soutenir.* » — Ces hommes n'ont jamais vu que des nations privées d'un esprit public prononcé, d'une noble exaltation de patriotisme capable d'inspirer les plus grands efforts pour soutenir un gouvernement qui ne fait qu'un avec la patrie... Mais n'ont-ils pas déploré plus haut l'habitude qu'a prise toute la population de s'intéresser aux actions du gouvernement, de les discuter, de les juger?...» — Cette habitude, qui empêche que la masse soit toujours prête à obéir à la direction que le gouvernement lui imprime, la dispose aussi à tout faire, avec énergie et dévouement, pour soutenir un gouvernement qu'elle aime, et dont l'influence et les soins contribuent à la rendre heureuse.

Quelle singulière opposition entre «les *principes positifs*, certains des royalistes qui présentent un *chef visible*, une *doctrine complète*, et toutes ces manies métaphysiques, toutes ces hérésies qui embrouillent les idées?» — Bonaparte, revenu de Moscou, tenait à-peu-près le même langage. Il attribuait tous les malheurs de la France aux penseurs, aux métaphysiciens, aux idéologues, qui étaient aussi, selon lui, coupables d'hérésie en politique, et qui embrouillaient toutes les idées...— Notre chef visible, c'est le roi, que la Charte présente à tous les Français avec des titres beaucoup plus réels à leur amour et à la puissance, que ne font les royalistes exclusifs, qui réunissent et accumulent autour de lui les souvenirs déplaisans et les prestiges discrédités de l'ancien pouvoir absolu. Je ne conçois pas comment les royalistes peuvent offrir au peuple une doctrine plus complète et plus simple que celle des *libéraux*, qui s'appuient uniquement sur la *Charte royale*, et qui en font leur Evangile politique.

« Surpris des inconséquences (des ministres), les hommes qui composent cette masse (de royalistes) sont demeurés incertains, sans attachement, sans confiance pour un gouvernement qui emploie toute son action à diviser, à combattre, à détruire ses soutiens naturels. » — Comment osez-vous avouer que vos amis, *soutiens naturels du gouvernement*, sont demeurés incertains, sans attachement, sans confiance pour lui?.... Le véritable dévouement à une cause légitime et sainte, à un gouvernement éprouvé par tant de vicissitudes, n'est point si fragile, si conditionnel et si précaire.

« Ils sont les seuls, dites-vous encore, qui puissent soutenir le trône et conserver dans leur intégrité les priviléges acquis par le peuple. Serait-ce aux *révolutionnaires* (lisez aux *constitutionnels*) qu'on pourrait confier ce double dépôt ? » — Votre prétention exclusive, ridicule et absurde suffit pour prouver le danger de s'attacher à un parti qui veut concentrer en lui tous les moyens de puissance et d'action.

Dans votre langage, les *priviléges* sont des *droits*, et les *droits* sont des *priviléges*. Quelle subversion d'idées et de principes !....

Pourquoi toujours employer d'une manière vague et indéterminée cette expression de *révolutionnaires*, qui réveille de fâcheux souvenirs, des divisions déplorables, des crimes affreux, souvent suggérés par les agens des plus fougueux ennemis de la révolution, qui voulaient détruire ses principes par ses excès?.... Un pareil langage est contraire à l'esprit et à la lettre de la Charte.

« Les ministres actuels.... ont appelé à leur secours les souvenirs inappréciables de l'ancien régime, les mesures odieuses du despotisme militaire, ou les dangereuses doctrines des clubs révolutionnaires. » — Parce que les ministres ont professé les principes de la Charte dans leurs discours, au sein des deux Chambres (et vous avez cité spécialement les ministres de la police et de la guerre), vous les accusez d'avoir appelé à leur secours les *dangereuses doctrines des clubs révolutionnaires!* N'est-ce pas avouer que, pour vous, les mots de *constitutionnel* et de *jacobin* sont synonimes?

« Il n'est pas difficile de trouver en France un grand nombre d'hommes qui portent dans les affaires publiques plus de raison, de force et de discernement que ceux qui les dirigent aujourd'hui. » — L'auteur, qui voit d'un œil complaisant ses honorables amis, leur accorde avec libéralité toutes les qualités nécessaires pour être des ministres parfaits. « Ce ne sont pas les hommes qui lui manquent. »

« Il veut des hommes d'honneur et de loyauté, liés par leurs antécédens, même par leurs passions, au soutien de la maison régnante. » — Ne doit-on pas craindre ces hommes d'honneur et de loyauté, liés par leurs antécédens et même par leurs passions, qui tiennent beaucoup plus aux idées de l'ancien régime et aux institutions détruites, qu'à celles de la Charte, et qui seraient nécessairement des ministres et des agens de l'autorité peu capables de bien diriger et de consolider le gouvernement constitutionnel ?.... Le sort de la maison régnante, but principal et unique de l'auteur de la Note, s'il faut en croire ses protestations, quoiqu'il paraisse plus occupé des intérêts de l'ancienne noblesse et de la haute aristocratie, que de la dynastie proprement dite et de la monarchie, est tellement lié au maintien de la loi constitutionnelle, que, si celle-ci est détruite par les fausses mesures des partisans du pouvoir absolu, la monarchie elle-même et le repos de l'état sont compromis.

« Au lieu de briser les liens de la morale et de la religion, on les aurait vus soumettre peu-à-peu le pays au joug des principes moraux et religieux, tandis qu'ils ont cherché leur appui dans les passions d'un vain peuple. » — La religion n'est pour vous qu'un moyen politique, un instrument de pouvoir, comme elle l'était pour Bonaparte, qui n'avait pas su pénétrer dans les profondeurs de la nature humaine, et apprécier le fond des sentimens religieux.

Votre continuelle affectation de mépris, tantôt pour les *passions d'un vain peuple*, tantôt pour les *inconséquences* du gouvernement du Roi, pour ses ministres, pour les puissances étrangères elles-mêmes qui auraient contribué, selon l'auteur, à faire établir un faux système en France, pour la nation française et pour l'humanité, n'est-elle pas un signe évident de médiocrité dans les vues, de vanité dans l'esprit, de bassesse dans l'ame?... Le mépris des hommes est le signe distinctif des partisans du pouvoir absolu.

« Il a fallu plus d'efforts pour dénaturer les fruits naturels de la restauration, que pour les recueillir. » — Vous oubliez qu'on a suivi vos conseils, pendant la première année de la seconde restauration, et que les hommes, liés par leurs *antécédens* et par leurs *passions*, ont été si incapables de se mettre en harmonie avec le nouvel ordre de choses, qu'il a fallu se garantir de leurs imprudences qui mettaient en péril le gouvernement et l'état, le Roi et la nation.

VII. Résumé. *Conclusion.*

C'est assez long-temps réfuter des objections, et repousser des sophismes qui ne peuvent en imposer qu'à des hommes superficiels, peu éclairés ou déjà prévenus. Veut-on maintenant résumer ce monstrueux assemblage de vues incohérentes et contradictoires? On le trouve rempli d'attaques indécentes contre la Charte, quoique l'auteur prétende se placer sur le terrain de la constitution; contre le Roi lui-même, quoiqu'on fasse profession d'un dévouement absolu pour la cause royale; contre la nation française, présentée comme une troupe de loups furieux prêts à se jeter sur l'Europe, quoique l'auteur se dise Français; enfin, contre les puissances étrangères, dont il implore l'appui, en leur adressant des reproches, et qu'il suppose disposées à recevoir ses instructions secrètes, et à servir publiquement ses passions.

L'ignorance, la faiblesse, la mauvaise foi, l'esprit de parti et de coterie ont dicté ce manifeste, qui devait être réfuté, à cause de l'importance que ses auteurs ont voulu lui donner, et du caractère des augustes personnages auxquels il a été destiné.

Nous connaissons la *pensée secrète* de ces hommes

des temps passés : ils feignent de se croire la majorité ; ils veulent substituer leur parti à la nation.

Leur *dessein* est de faire du Roi constitutionnel des Français, un chef de leur parti nobiliaire et aristocratique.

Ils placent leurs *moyens d'exécution* et leurs *espérances de succès* dans l'influence et l'appui des cours alliées : ils croient pouvoir leur montrer l'intérêt général de l'Europe dans les petits intérêts d'une caste privilégiée.

Leur *mobile* et leur *but* est l'invasion du ministère pour envahir la liberté publique.

Ils terminent leur Note par cette déclaration, que « les intérêts et les passions des ministres ne leur laissent plus la liberté de se rattacher aux doctrines et aux hommes de la monarchie.... ; que la seule ancre de salut est de se rallier aux principes, aux institutions et aux hommes monarchiques (et non pas à la Charte et à ses amis) ; enfin, qu'il faut confier le gouvernail aux hommes qui imposent une grande confiance et un grand assentiment à tous ceux qui veulent sauver le vaisseau de l'état. »

Leur distinction éternelle des *hommes de la monarchie* et des *hommes de la révolution* est impolitique, maladroite, dangereuse pour la stabilité de la restauration.

Les mots *union* et *oubli* doivent former la devise des hommes paisibles, amis de l'ordre et du gouvernement. Les *hommes de la révolution* ; c'est la génération actuelle tout entière, née en France depuis la révolution, moins une très faible minorité d'hommes nés ou élevés dans l'émigration.

Si les hommes de la révolution ne deviennent pas et ne sont pas reconnus et avoués les *hommes de la monarchie*, celle-ci est en danger; car elle n'a plus son soutien nécessaire, la nation.

Si les hommes de la monarchie n'ont pas assez de bon sens et de dévouement à la cause royale, pour se déclarer et pour être en effet les hommes de la révolution, c'est-à-dire, de la Charte (qui en a consacré les principes fondamentaux), le parti de ces hommes est en péril : car, ils auront contre eux la masse nationale, qui veut bien les admettre et les voir se fondre dans son sein, mais qui ne souffrira pas que leur insolente opposition compromette les institutions nouvelles, la sûreté du trône, l'intégrité du territoire, l'indépendance de la nation, puisque la conscience de leur extrême faiblesse leur fait toujours chercher, par des moyens criminels, honteux, anti-français, des points-d'appui à leur système d'opposition et de rebellion contre le Roi et son gouvernement constitutionnel, dans les bayonnettes ou dans les intrigues, et dans l'intervention militaire ou politique des étrangers.

Quels hommes sont les plus intéressés à sauver le vaisseau de l'état, c'est-à-dire, non pas à rétablir les institutions et les hommes monarchiques de l'ancien temps (ce qui est le sens évident des expressions de l'auteur); mais à faire conserver à la France sa liberté civile et politique, son indépendance nationale, sa tranquillité intérieure, sa considération au-dehors, ses moyens de développement et de prospérité?... Ces hommes sont évidemment ceux qui, n'ayant rien à demander aux étrangers, ni à désirer de leur protection, tiennent fortement au sol français et au bien-être du pays, par leurs familles, leurs propriétés, par l'emploi même de leur vie entière consacrée à défendre, dans les armées, ou à servir, dans les emplois civils, cette patrie devenue plus chère par ses infortunes et par les cruelles vicissitudes qu'elle a éprouvées; cette patrie à laquelle ils ont prodigué tant de sacrifices, qui doivent avoir pour résultat la liberté et le bonheur de ses enfans!

FIN.

www.ingramcontent.com/pod-product-compliance
Ingram Content Group UK Ltd.
Pitfield, Milton Keynes, MK11 3LW, UK
UKHW021000220726
13924UKWH00002B/801